INHALT

...

KEINE AHNUNG. ERST MAL HAB ICH VIELE AUFTRITTE UND SHOO-TINGS.

WANN ...

... SEHEN WIR UNS WIEDER?

WAS?

IST DIR DEINE FREUNDIN GAR NICHT WICHTIG?

DU LEBST ECHT NUR FÜR DEINE ARBEIT, WAS?

NATÜRLICH IST MIR DIE MUSIK WICH-TIGER.

AUSSERDEM BIST DU NICHT MEINE FREUNDIN.

WIESO HAT SIE TROTZDEM GEDACHT, WIR SEIEN ZUSAMMEN?

ICH HAB VON ANFANG AN GESAGT, DASS ICH KEINE BE-ZIEHUNG WILL.

AUTSCH.

DASS DIE SO EINEN KRASSEN SCHLAG DRAUF-HATTE ...

PATT

OB DAS REICHT? MORGEN DARF ...

... NICHTS MEHR ZU SEHEN SEIN.

WAS?

OH JA, DU HAST RECHT!

GUCK MAL! EIN POSTER VON IBERIS.

IST IHRE MUSIK SO TOLL?

ODER WIESO?

DU FÄHRST VOLL AUF SIE AB, ODER?

DIE SEHEN IMMER SO COOL AUS!

NEIN, ICH STEH NUR AUF REIICHI!

DIE SONGS SIND SO LALA.

GEHT'S ALLEN BLOSS UM MICH?

ABER FÜR MEIN HÜBSCHES GESICHT KANN ICH NUN MAL NICHTS.

DIE SOLLEN MAL BESSER HINHÖREN.

JETZT HAB DICH NICHT SO, WIR ...

HEY!

FWWT

B... BIS EBEN WAR SIE NOCH ANDERS, ICH SCHWÖR'S!

MIT EINER, DIE SO SABBERT, WOLLT IHR DOCH NICHTS ANFANGEN, ODER?!

FLLRRP

WAS ZUM TEUFEL?!

SLLRP

EINE FETTE LÜGE!

ICH HAB SO ANGST BEKOMMEN, DASS ICH ...

ES ...

... TUT MIR FURCHTBAR LEID.

HAH!

WAS?!

WIR GEHEN JETZT EINEN KAFFEE TRINKEN. MACHT'S GUT!

TAPP

ICH BEVORZUGE DIE GESELLSCHAFT DIESES GENTLEMANS.

VIELEN DANK NOCH MAL ...

... FÜR DEINE HILFE VORHIN.

OH, DU BIST EIN CHAR-MEUR.

ICH FREUE MICH, HIER MIT EINER WUNDERSCHÖNEN FRAU WIE DIR ZU SITZEN!

KEIN THEMA!

UND DU HAST SOGAR FÜR MICH BEZAHLT.

NEIN, ICH MEI-NE ...

... DAS WIRKLICH ERNST.

Reiichis
idealer Sexpartner

Mann oder Frau unter
1,78 m Körpergröße

ZU GROSS DARF EINE FRAU ZWAR AUCH NICHT SEIN ...

INTERESSANT.

IST SIE AM ENDE NICHT SO ANSTÄNDIG, WIE ES WIRKT?

... Tattoos und alles Mögliche?!

Hat sie unter ihrer Kleidung ...

FÜR IHR VORNEHMES AUSSEHEN HAT SIE ABER

... ZIEMLICH VIELE PIERCINGS.

NEIN, HALT. IN ZWEI STUNDEN HAB ICH PROBE.

UND OB ICH SO SCHNELL NOCH MAL KANN?

...ichi!

HEUTE HATTE ICH SCHON SEX, ...

... ABER MIT DER WÜRDE ICH'S NOCH MAL TUN.

ICH HAB MICH IN DEINEN AUGEN VERLOREN.

AH! NEIN, SORRY.

WARST DU IN GEDANKEN?

HI HI HI.

REIICHI?

HM?

HAH

DU VERSTEHST ES, EINER FRAU ZU SCHMEICHELN.

ICH SOLLTE MICH DAFÜR BEDANKEN.

ETWAS, DAS DICH GLÜCKLICH MACHEN WÜRDE?

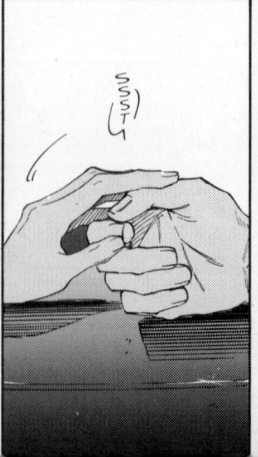

HM, WAS KÖNNTE ICH DIR DAFÜR GEBEN?

HM
...

HM, LASS MICH ...

GRINS

... ÜBER-LEGEN.

KOMM DOCH MORGEN ZU UNSEREM AUFTRITT!

HA HA, COOL!

ACH JA, ICH HAB EUCH MAL IM FERNSEHEN GESEHEN.

VIELLEICHT SCHON MAL GEHÖRT?

ICH SPIELE JAZZ. UNSERE BAND HEISST IBERIS.

AUF-TRITT?

NEIN, ICH WOLLTE MICH DOCH BEI DIR BEDANKEN ...

SCHON GUT.

WAS?

ICH ZAHL DIR AUCH DEN EINTRITT UND EIN GETRÄNK.

ICH FÄND'S TOLL, ...

... WENN DU KOMMST.

WENN DU KOMMST UND UNS ZUHÖRST, ...

... GEWINNEN WIR EINEN FAN.

BIST DU DIR SICHER, DASS ICH EIN FAN WERDE?

DU KLINGST ABER ZUVERSICHTLICH.

OH JA.

MEHR FANS BEDEUTEN ...

... MEHR UMSÄTZE FÜR UNS.

ICH GARANTIERE ES DIR.

DU WIRST MICH LIEBEN.

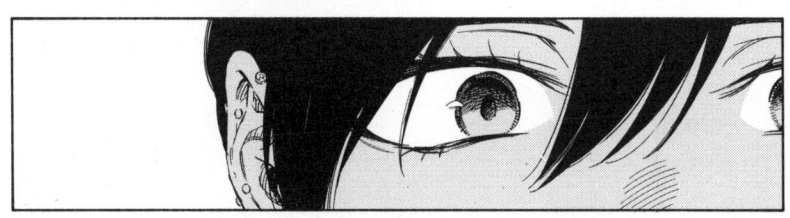

WARTE, ICH SCHREIB'S DIR AUF MEINE VISITENKARTE.

DU KOMMST ALSO?

WO UND WANN DENN?

HI HI, OKAY.

HIER SCHEINT ES ZU SEIN.

JAZZ cafe&bar
SILVIA

SILVIA

-OPEN-
17:00~2:00
-CLOSE-
MON

GUEST

18:40

SILVIA

KRIIEK

WILL-KOMMEN!

GANZ SCHÖN VOLL.

SIND DIE WIRK-LICH SO BELIEBT?

16

KOMM, SETZ DICH.

ICH WEISS BESCHEID.

DANN MUSST DU REIICHIS BESONDERER GAST SEIN.

AH!

ICH HAB EINE RESERVIERUNG AUF „REIICHI MIYOSHI".

VIELEN DANK.

BITTE SEHR.

TONK

KLATSCH

KLATSCH

TMP

...

ICH NEHME ...

... EINE PFLAUMENWEINSCHORLE.

WAS MÖCHTEST DU TRINKEN?

KOMMT SOFORT.

KLATSCH

KLATSCH

KLATSCH

KLATSCH

KLATSCH

KLATSCH

KLATSCH

KLATSCH

KLATSCH

KLATSCH

Isa-mi! Yeah!

Chi-kage!

Rei-ichi!

ONE,
...

...
TWO
...

18

PUH, DAS WAR GUT!

REIICHI?

TOCK TOCK

HASP

ICH WEISS, MANN!

ABER NOCH NICHT GENUG.

TJA, ICH HAB EBEN VIEL SOLFEGGIO GEÜBT.

BEIM SOLO HAST DU NUR NEUE PHRASEN GESPIELT.

DU WARST HEUTE SUPER, REIICHI.

ACH, DIE FRAU VON GESTERN?

HM?

DEINE BEKANNT- SCHAFT MÖCHTE KURZ HALLO SAGEN.

WER IST DAS?!

HALLO.

DANKE NOCH MAL FÜR GESTERN.

ÄH, HALLO.

FÜR GESTERN? WAS MEINST DU?

DU BIST ALSO EIN MANN.

BIST DU ENT-TÄUSCHT?

GLOOOTZ

HI HI, DARAN ERINNERST DU DICH?

JA, GENAU.

DU HAST DA SO GESAB-BERT?!

WAS?!

DANN HAB ICH JA CHANCEN BEI DIR!

... SOLANGE SIE GUT AUS-SEHEN.

NEIN, ICH KANN AUCH MIT MÄNNERN, ...

ICH BIN WIRKLICH DEIN FAN GEWORDEN.

ICH WAR NOCH NIE IN EINER JAZZBAR, ...

... ABER EUER AUFTRITT HAT MIR GUT GEFALLEN.

DANKE, DASS DU HEUTE GE- KOMMEN BIST.

ERZÄHLST DU MIR MEHR ÜBER DICH?

HA HA.

MEINET- WEGEN.

PATT

OH,
DU HAST
JETZT
ZEIT?

JA.

UNTERHAL-
TEN WIR UNS
IRGENDWO
IN RUHE?

LASS UNS
ETWAS SPASS
HABEN.

NA, DU HAST MIR JA AUCH DEINE KARTE GEGEBEN.

WAS IST DAS?

Hm?

HIER, FÜR DICH.

bluffs
青桐 サラ
Sara Aogiri
〒××-××××
××××××× ×××××
℡×××-××××-××××
✉××××✱××××
✱×××××××××

ACH?

HE HE!

DU GEFÄLLST MIR.

WOZU BRAUCHST DU MEINEN ECHTEN NAMEN, ...

... WENN ES DIR EH BLOSS UM SPASS GEHT?

IST DAS DEIN ECHTER NAME?

NEIN, EIN PSEUDONYM.

ABER ICH WILL MEHR VON DIR.

BITTE WAS?

HAST RECHT. MIR GEHT'S NUR UM SEX.

WENIGSTENS BIST DU EHRLICH.

30

NYOH

DAS IST ES, WAS DICH STÖRT?

WARUM FÜHL ICH MICH VON IHM SO STEHEN GE-LASSEN?!

WA...

BRK

BRK

KRSCH

AH.

HERZLICH WILL...

KLING KLING KLING

Bar Gloss

HEUTE MAL ALLEINE?

HALLO.

'N ABEND.

JA.

WAS HAST DU DANN DIE DREI TAGE IN TOKYO GEMACHT?

NEIN, IMMER NOCH NICHT.

UND, SCHON EINEN LADEN ZUM MIETEN GEFUNDEN?

NA DANN ...

ICH HAB MICH VERLIEBT UND LASSE ...

... VORERST DIE FINGER VON ANDEREN.

Es ist schwerer als gedacht.

TOCK
SOSO.
UND MEINST DU, DEINE LIEBE HAT EINE CHANCE?
HI HI, ...
... ICH WEISS NOCH NICHT.
ABER ...
... ES KÖNNTE SICH LOHNEN, DRANZU-BLEIBEN.

WAS WOLLT IHR DENN VON DER?

SOLL ICH IHNEN SAGEN, DASS ICH EIN MANN BIN?

HEY!

OH MANN, DIE SIND GANZ SCHÖN STUR.

ABER STARK SEHEN SIE NICHT AUS.

BOAH, SIEHT DER GUT AUS! DEN WILL ICH IN DIE KNIE ZWINGEN UND BIS INS INNERSTE ERSCHÜTTERN.

DARF ICH SIE NICHT HABEN?

Das Interesse wurde geweckt.

HA HA!

ERST DER FAUSTSCHLAG UND JETZT NOCH 'NE OHRFEIGE?

... DASS ICH KEINE BEZIEHUNG WILL.

ICH SAG DOCH IMMER GLEICH, ...

... UND KLATSCHT MIR EINE, NICHT ZU FASSEN.

DABEI STAND DIE SO AUF MEIN GESICHT. ABER DANN LAUERT SIE MIR AUF ...

EY! DAS STIMMT ZWAR, ABER WIE DAS KLINGT.

SO RICHTIG AAL-GLATT.

NA JA, OBERFLÄCHLICH GESEHEN KANN ER SCHON NETT SEIN.

REIICHI IST NUR ZU LEUTEN NETT, DIE AUCH MUSIK MACHEN.

BESTIMMT NICHT.

HAST DU IHR ZWEIDEUTIGE SIGNALE GE-GEBEN?

STATT DIESER GANZEN GEFÜHLS-DUSELEI ...

... ÜBE ICH LIEBER FÜR DEN NÄCHSTEN AUFTRITT.

OB MUSIKER ODER NICHT, ...

... ICH HAB KEINEN BOCK AUF 'NE BEZIE-HUNG.

REIICHI.

ICH BRAUCHE SEX, DAMIT ICH MIT GEFÜHL SPIELEN KANN!

GROAAH

WOZU DANN DIE GANZEN AFFÄREN?

DENK AUCH AN DIE MENSCHEN, ...

... DIE UNSERE MUSIK HÖREN.

... ABER ÜBERTREIB ES NICHT.

ES IST ZWAR GUT, DASS DU SO GE-RADEHERAUS BIST, ...

...

ODER KANNST DU IHRE HERZEN WIRKLICH BEWEGEN, ...

... WENN DU IHRE GEFÜHLE NICHT BEACHTEST?

WAS?!

WIE SOLL ER DA NOCH ANDERE MENSCHEN VERSTEHEN?

ER VERSTEHT JA NICHT MAL SEINE EIGENEN GEFÜHLE.

ISAMI, MACH'S NICHT SO KOMPLIZIERT FÜR IHN.

... BEREUST DU OFT IM NACHHI-NEIN DEINE WAHL.

GULP

NA TOLL, HÄTTE ICH DAS BLOSS AUCH GE-NOMMEN.

WAS HAT DAS JETZT DAMIT ZU TUN?!

FWOSH

WAS SOLL DAS HEISSEN?!

NA, WENN WIR ZUM BEISPIEL ESSEN GEHEN, ...

... DU HÖRST EBEN NIE AUF DEIN HERZ!

MACHIKO, DAS IST ZU DIREKT!

REIICHI, ...

... ERST GESTERN WIEDER.

STIMMT. SO WAR DAS ...

Ugh!

ACH JA!

WAS?!

CHIKAGE, REIZ IHN LIEBER NICHT WEITER.

WIE EINE GEISHA, NUR DASS DU UN-GESCHMINKT WÄRST.

UND DU TRITTST IRGENDWANN MIT GLEICH ZWEI STATT EINER ROTEN BACKE AUF.

KOBAYASHI KRIEGT WEGEN DIR NOCH EIN MAGENGE-SCHWÜR.

ALSO JA, REIICHI, PASS LIEBER AUF.

Manager Kobayashi

GATACK

WAS?! WIESO?!

DEN HAB ICH EH GE-CANCELT.

HM?

WAS WIRD MIT DEM GESICHT JETZT AUS DEINEM MODEL-JOB?

40

MODELN IST NICHTS FÜR MICH.

DAS SOLLEN PROFIS MACHEN, DIE ES GUT KÖNNEN.

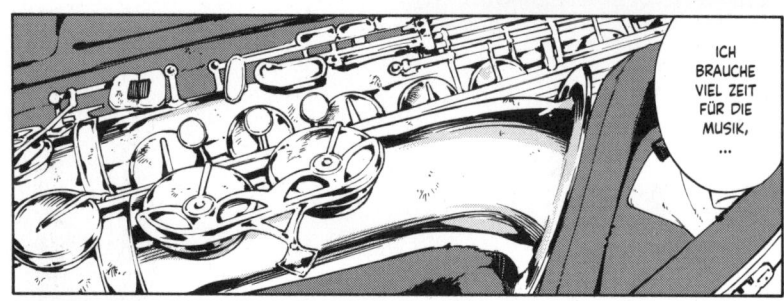

ICH BRAUCHE VIEL ZEIT FÜR DIE MUSIK, ...

DU KONZENTRIERST DICH GERN AUF EINE SACHE, WAS?

REIICHI HAT NICHT GENUG GEHIRN-KAPAZITÄTEN.

EY!

... DA KANN ICH NICHT NOCH VOR EINER KAMERA POSIEREN.

ODER KANNST DU IHRE HERZEN WIRKLICH BEWEGEN, ...

... WENN DU IHRE GEFÜHLE NICHT BEACHTEST?

BOAH, WAREN DIE NERVIG.

DIE HABEN ALLE KEINE AHNUNG.

... WENN ES SO AUSSIEHT, ALS OB.

ES REICHT DOCH, ...

ACH, SCHON GUT.

E...

ENTSCHULDIGUNG!

OB ICH WIRKLICH AUF GEFÜHLE ACHTE ODER NICHT, ...

... DAS MERKT AM ENDE KEINER, ODER?

DOMP

Hah ...

SOLANGE KEINER DIE WAHRHEIT KENNT, IST ES NICHT GELOGEN.

GENAUSO IST DAS MIT DEM LÜGEN.

SHFT
SHFT

TAPP
TAPP
TAPP
TAPP
TAPP

DANKE.

HIER WOHNST DU ALSO?

WA...

FWTT

... SO SCHNELL WEG MUSSTE.

TUT MIR LEID, DASS ICH NEULICH ...

ZUCK

DU ER-INNERST DICH AN MICH?

YAY!

WAS MACHST DU HIER?!

DU?!

BIST DU SAUER?

NEIN, WIE KOMMST DU DARAUF?

... ABER ES WAR JA NOCH NICHTS FESTES.

ICH HATTE VORGESCHLAGEN, WAS ZU MACHEN, ...

ACH WAS!

BIST DU EIN STALKER?

NEIN, ICH BIN DIR HIERHER GEFOLGT.

WAS FÜR EIN ZUFALL.

ALSO ... WOHNST DU AUCH IN DIESEM HAUS?

Ich wohne eigentlich gar nicht in Tokyo.

SRRR

BLA BLA BLA BLA BLA

... DASS ICH DIR KAUM FOLGEN KONNTE UND DICH ERST HIER EINGEHOLT HABE.

ABER IHR WART SO SCHNELL VON DER BÜHNE. ALSO HAB ICH AM AUSGANG GEWARTET, ABER DU HATTEST ES SO EILIG, ...

ICH DACHTE, SO KANN ICH WIEDER MIT DIR REDEN.

... UND BIN HEUTE ZU EUREM AUFTRITT GEKOMMEN.

ICH WOLLTE DICH HALT NOCH MAL SEHEN ...

WENN DU DAS SO NENNEN WILLST.

BLA BLA BLA

OKAY, DU BIST ECHT EIN STALKER.

GRRR

LIVE IST TROTZDEM NOCH MAL GANZ BESONDERS.

... UND DIE VIDEOS IM INTERNET GEGUCKT.

ICH HAB SCHON ALL EURE CDS GEKAUFT ...

DU WARST HEUTE WIEDER TOLL.

DU SPIELST JEDES MAL EIN ANDERES SOLO, NICHT WAHR?

WIR SIND JETZT DA.

DANKE FÜRS FEEDBACK.

DA LOHNT ES SICH, MEHRMALS ZU KOMMEN.

... UM MEINE MUSIK ZU LOBEN, ODER?

DU BIST MIR JA NICHT NUR GEFOLGT, ...

DARF ICH MIT IN DEINE WOHNUNG?

JA.

WILLST DU MIT MIR INS BETT?

WIESO WOLLTEST DU MICH NOCH MAL SEHEN?

HÜBSCH GENUG BIST DU JA.

VON MIR AUS GERN.

UND DU?

DAS FÄNDE ICH TOLL.

KEINE ROMANTIK, JA?

NUR EINS SAG ICH DIR GLEICH.

ICH HAB GERN EIN BISSCHEN SPASS MIT DIR, ...

... ABER DAS HIER BLEIBT MEINE NUMMER EINS.

TMP

SO WEIT MUSS ES JETZT NICHT GEHEN.

OKAY, VERSPROCHEN.

BRAUCHST DU ES SCHRIFTLICH?

... KEINE BEZIEHUNG ODER SO WIRD.

BESCHWER DICH NICHT, WENN ES ...

ICH WERDE NICHT HEULEN. ABER WAS IST MIT DIR?

ABER HEUL MIR SPÄTER NICHT DIE OHREN VOLL, KLAR?

WAS SOLL MIT MIR SEIN?

DAS KANN ICH GAR NICHT AB.

UWAH?!

GRAPP

WAS?

DU FÄLLST HIER GLEICH ÜBER MICH HER? WAS ...

DU BIST ECHT SO ARROGANT, ...

... DASS MAN KOTZEN KÖNNTE.

BAM

DAMN

DAS MACHT MICH TOTAL HEISS.

DU KANNST MICH EH NICHT ...

RUBB

... WILLST DU DAS SCHAF-FEN?

SO KLEIN, WIE DU BIST.

DU? UND WIE ...

IM ERNST?

HA HA.

... UND DICH IN DIE KNIE ZWINGEN WILL?

SCHON VER-GESSEN, DASS ICH DEIN EGO ZERSCHMET-TERN ...

WENN ICH ERST MAL GANZ TIEF IN DIR STECKE, ...

RIESEN-DING!

GNGH

GNN

DEINE ARME UND BEINE SIND LÄNGER, ...

... ABER DIE KÖNNEN WIR FESSELN.

... IST ES VÖLLIG EGAL, WIE GROSS ICH BIN ...

... ODER OB ICH EINEN ROCK TRAGE.

... ALSO LASS UNS GANZ VIEL SPASS HABEN.

DU WILLST KEINE BEZIE-HUNG, ...

DER BODEN IST KALT.

AH, ICH MUSS SAXOFON ÜBEN.

ICH WILL IHM EINE REINHAUEN.

ICH WILL IHN SCHLAGEN.

ICH WILL DAS NOCH MAL HÖREN.

SCHREIEN? ODER IHM DOCH EINE REINHAUEN?

SCHREIEN?

SEIN ROCK IST SO SCHWER.

ICH WILL SCHREIEN, ABER WAS SOLL ICH SCHREIEN?

HI HI HI HI HI HI HI HI HI

EY, MEINER IST ABER GRÖSSER, ODER?

RIESENDING.

ICH DACHTE, ER ÜBERLÄSST MIR DIE FÜHRUNG.

MEIN KNIE TUT WEH.

ICH KANN MICH NICHT RÜHREN!

VIE-SO DIE FRAUENKLAMOTTEN?

DAS GEHT MIR ZU WEIT!

UGH!

DOMR

WHOSCH

... ÜBER MICH HERZUFALLEN?

WAS BILDEST DU DIR EIN, IN MEINER WOHNUNG ...

UWAH?!

BOFF

AUA!

DRIP

NÄCHSTES MAL TRET ICH DIR IN DIE EIER ...

... UND RUF DIE POLIZEI, IST DAS KLAR?!

HI! HI!

ACH, ER IST TOLL.

DAMM

TSCHAK

WAG ES BLOSS NICHT, DU IRRER!

ICH KOMME WIEDER, JA? ♡

Es war eine Art Wettlauf.

Profil

Machiko Tada (21)

157 cm, 43 kg
Geburtstag: 5. April
Isst am liebsten: frittierte Garnelen
Isst gar nicht gerne: gekochte Innereien
Instrument: Trompete

Shintaro Yoshiki (23)

171 cm, 56 kg
Geburtstag: 21. März
Isst am liebsten: Kartoffeleintopf
Isst gar nicht gerne: Shiitake-Pilze
Instrument: Klavier

Chikage Narumi (26)

176 cm, 63 kg
Geburtstag: 26. Juni
Isst am liebsten: gedämpfte Teigtaschen
Isst gar nicht gerne: Äpfel
Instrument: Bass

Profil

Isami Umemiya (32)

174 cm, 78 kg
Geburtstag: 30. Mai
isst am liebsten: Grillhähnchen
isst gar nicht gerne: Geleespeisen
Instrument: Schlagzeug

Shizuka Shinonome (28)

182 cm, 67 kg
Geburtstag: 28. Februar
isst am liebsten: Windbeutel
isst gar nicht gerne: eingelegten
Rettich
Instrument: Altsaxofon

familiäre Rollen in der Band

Eltern

ältester Sohn

mittlerer Sohn

Nest-häkchen

NEIN!

LASS MICH BEI DIR ÜBER-NACHTEN.

WEIL DU IN DER WOH-NUNG GLEICH WIEDER ÜBER MICH HERFÄLLST! DARUM!

WAS? WIESO NICHT?

Du kommst mit deiner Körpergröße wegen einer kleinen Frau zu mir? Geh erst mal ins Fitnessstudio, Junge! Ich schnauch keine Gefahr von ihr ausge-hen. Wenn ihr Streit hattet, dann redet noch mal miteinander, okay!

...
DER WAR BLÖD, DER POLIZIST.

DER HAT DICH NICHT MAL ERNST GENOMMEN, NUR WEIL DU SO GROSS BIST.

ACH JA, ...

NICHT MAL DIE POLIZEI HÄLT DICH MIR VOM HALS!

ICH MUSS EINIGES HIER IN TOKYO ERLEDIGEN.

ABER ICH HAB NICHT SO VIEL GELD.

WARUM?

ICH STELL SCHON NICHTS AN.

LASS MICH EINFACH EIN PAAR TAGE BEI DIR SCHLAFEN, OKAY?

NICHT MEIN PROBLEM!

WIE GEMEIN!

SOLL ICH IM WINTER AUF DER STRASSE SCHLAFEN?

TMP TMP

WIESO DEN RÜCKEN?!

TSCHACK

BITTE! ICH MACH AUCH DEN HAUSHALT, WASCH DIR DEN RÜCKEN UND SO!

OHNE MEINE ERLAUBNIS IST DAS HAUSFRIEDENSBRUCH!

DANN ZELTE ICH HALT AUF DEINEM BALKON.

TU ICH NICHT.

UND WAS GLOTZT DU SO?

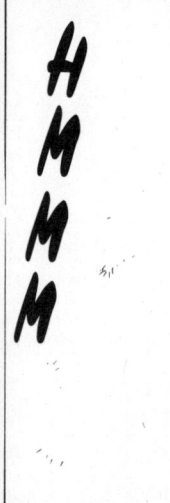

HMMM

ER BEDRÄNGT MICH WIEDER, HILF MIR!

DAS IST EIN KERL!

UND DER STALKER VON NEULICH!

AH ...

NEIN!

NOCH EINE FRAU, DIE DIR EINE VERPASST, HM?

HABT IHR GELAUSCHT?

ES IST WIRKLICH DIESELBE STIMME.

KLAR.

FREUT MICH.

ICH HAB SCHON VIEL VON DIR GEHÖRT.

FANG NICHT AN ZU PLAUDERN!

ZUCK

DIR WÜRDE MAKE-UP SICHER AUCH STEHEN.

HI HI, DANKE!

DU KANNST DICH ECHT GUT SCHMINKEN.

ICH WÄR NIE DRAUF GEKOMMEN, DASS DU EIN KERL BIST.

ÄH, WIESO SOLL ICH WEN AUSSTECHEN?

DU KÖNNTEST ALLE AUSSTECHEN.

Pfft!

WILLST DU ES MAL AUSPROBIEREN?

DU KÖNNTEST EINE RICHTIGE SCHÖNHEIT SEIN.

WOA

ACH, ÜBRIGENS.

STOPP

EY, VERZIEH DICH NICHT EINFACH SO!

MELDE DICH JEDERZEIT GERN BEI MIR.

OH, SCHADE!

DANKE, KEIN INTERESSE.

ALSO DANN.

Ich geh mal.

Mach's gut!

Tschüss!

Du warst heute auch super!

Zieht sich aus der Affäre...

REIICHI, ...

... ÜBERLEG DIR ENDLICH ANTWORTEN FÜRS INTER- VIEW.

OH, OKAY.

WAS DU ALLES MACHEN MUSST!

ABER DAS GEHT DICH NICHTS AN.

JA, FÜR EINE ZEIT- SCHRIFT.

INTER- VIEW?

ICH WEISS, DAS MUSST DU MIR NICHT SAGEN.

NA, BEIM AUFTRITT.

HÄ?

WAS MEINST DU?

WARST DU HEUTE DESWEGEN SO SCHLECHT DRAUF?

FINDEST DU?

DU HAST IRGENDWIE SCHLECHT GESPIELT.

GAZING

DANN DARFST DU VIELLEICHT HIER SCHLAFEN!

SAG MIR MAL, WO ICH SCHLECHT WAR!

GROAN

GROAN

GROAN

DAS KANNST DU ALSO BEURTEILEN?

OKAY.

GLÜCK GEHABT. ABER ER IST SCHON EIN BISSCHEN CRAZY.

KOMM REIN, NA LOS!

FWUMP

UND JETZT SCHIESS LOS, WO WAR ICH SCHLECHT?

SO.

SO GENAU WEISS ICH DAS NICHT.

SAG SCHON, MANN!

ODER BEIM SOLO?

BEI DEN ÜBERGÄNGEN?

... HAT ES SO ...

... WÜTEND GEKLUNGEN.

ABER IRGEND-WIE ...

UND SO SAH AUCH DEIN GESICHT AUS.

MAN MUSS SEINEN BERUF NICHT MÖGEN.

ES REICHT, WENN MAN GUT DARIN IST.

OBWOHL ES DEIN BERUF IST?

DAS IST EGAL.

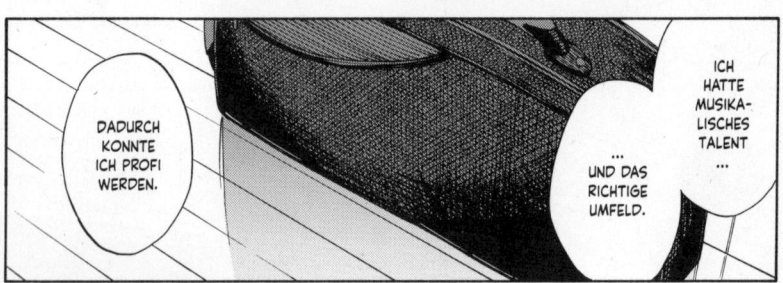

ICH HATTE MUSIKA-LISCHES TALENT ...

DADURCH KONNTE ICH PROFI WERDEN.

... UND DAS RICHTIGE UMFELD.

ALSO, ICH MACH LIEBER ETWAS, ...

... DAS MIR AUCH SPASS MACHT.

FREUDE BRAUCHT ES DAFÜR NICHT.

DARUM GEHT'S DIR ALSO WIRKLICH?

UND ICH KANN MEIN DING GUT VERSTECKEN.

MANCHMAL IST MEINE AUSWAHL AN HOSEN ZIEMLICH EINGESCHRÄNKT.

KLEIDER UND RÖCKE SIND LUFTIGER UND SCHICKER NOCH DAZU.

DANN GEHT'S DIR ALSO DARUM, OKAY.

UND ICH LIEBE ES, WIE DIE MÄNNER REAGIEREN, WENN ICH SAGE, WER ICH BIN!

NEIN, ICH LIEBE RÖCKE AUCH SO!

SIE SIND SCHÖN UND BEQUEM!

UND ES GIBT SO VIELE STILE!

FWAPP

NA JA, LASSEN WIR DAS MAL.

... UM DIE KLEIDUNG. UND DARUM, MENSCHEN ZU TÄUSCHEN.

SLLRP

NEIN, ES GEHT MIR ...

DU BIST VERRÜCKT.

68

... DANN IST DIESE FARBE HIER GUT.

WENN DICH WIEDER JEMAND SCHLÄGT, ...

DAS IST CONCEALER.

JEDENFALLS LIEBE ICH AUCH MAKE-UP.

ICH HÄTTE HIER ETWAS FÜR DEIN GESICHT.

KANNST DU DAS SELBST AUFTRAGEN?

SOLL ICH ES DIR MAL ZEIGEN?

...

DAS WAR NUR ZUFÄLLIG KURZ NACHEIN-ANDER.

DU KRIEGST OFT EINE GEKLATSCHT, ODER?

OKAY, MACH MAL.

YAY! DANN WASCH DIR ...

... ERST MAL DAS GESICHT.

?

SO, FERTIG.

DU HAST DEN VERGLEICH ZU PROFI-VISAGISTEN, ...

... ALSO FREUT MICH DAS BESONDERS.

HI HI, DANKE!

WOW, DU BIST GUT.

APROPOS, ...

ICH SAGE EINFACH, WAS ICH DENKE.

ICH HOFFE, DEIN LOB WAR EHR-LICH.

GEZWUN-GEN?

MURMEL

TAPP

WAS IST?

SCHON GUT.

REIICHI?

OKAY.

ICH DARF ALSO HIER SCHLA-FEN?

...UND DANN MACH'S DIR IRGENDWO BEQUEM.

DU KANNST DUSCHEN...

TSCHACK

JA!

HÄ?

ICH GEH MAL ÜBEN.

WORAN HAT ER GE-DACHT?

...
SO ER-STARRT?

WIESO IST ER BEI DIESER FRAGE ...

FWSSSH

SPLISCH

UND WAS ER WOHL ...

... FÜR EIN GESICHT MACHT, WENN ICH TIEFER BOHRE?

OB ER DANN ANFÄNGT ZU WEINEN?

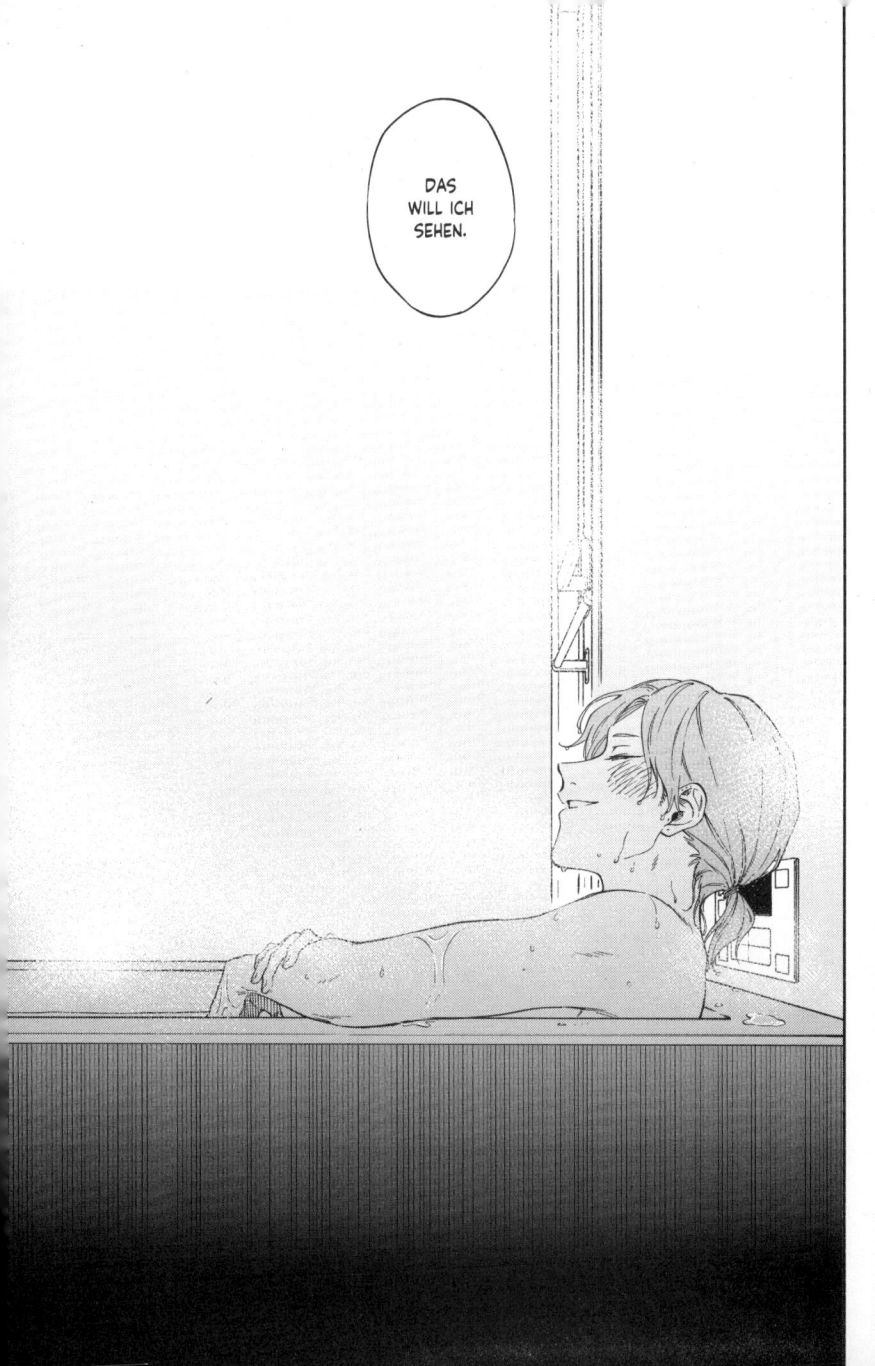

Zwei erwachsene Männer

Ah.

Guten Morgen, hier spricht Kobayashi.

JA?

Manager

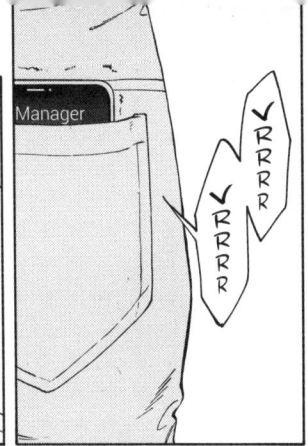

✓ R R R R R R R R

Die Deadline für die Antworten war gestern.

Wie weit bist du denn damit?

Na ja, wegen des Interviews ...

WAS GIBT ES SO FRÜH?

MORGEN.

Ah, die Frage, wieso du Musik machst?

ZU EINER FRAGE IST MIR NICHTS EINGEFALLEN. IST DAS OKAY?

Das wäre super.

ACH JA, TUT MIR LEID.

ICH SCHICK SIE DIR GLEICH.

JA. GENAU DIE.

...kst du, wenn du auf die...

...nder und Lieblings...

4. ...

5. Wieso machst du Musik?

T M P

...einer dein schönstes Erlebnis als M...

6. ...

Hast du eine Botschaft für die Fans?
Danke, dass ihr das Interview gelesen hab...
...bei unserem nächsten Auftritt zu se...

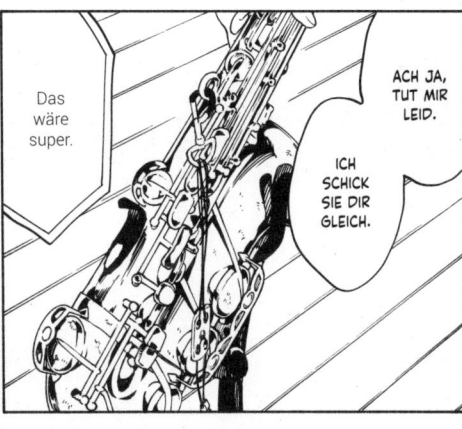

ICH MACH ES, WEIL ICH TALENT HABE?

Das ist dann doch etwas kurz.

HMM.

Was glaubst du denn? Es muss gar keine lange Antwort sein.

ICH KOMM HALT AUS EINER MUSIKER-FAMILIE.

ICH HATTE TALENT UND DER REST

... HAT SICH ERGEBEN.

ICH KANN ES ABER WIRKLICH NICHT SAGEN.

Dabei machst du es schon so lange.

NICHT UNBEDINGT. ES IST MIR EGAL.

Tatsächlich?

Aber es macht dir auch Spaß, oder?

WARUM
ICH MUSIK
MACHE?

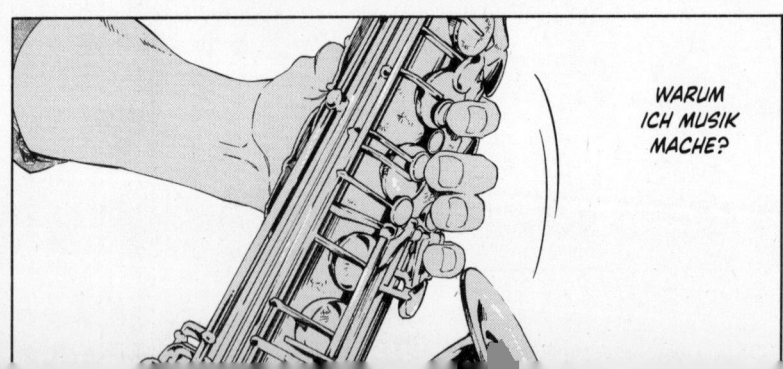

WIE VIELE LEUTE MÜSSEN AUFGEBEN, ...

ICH KANN NICHT WIE DU NUR FÜR DIE MUSIK LEBEN.

... WEIL SIE NICHT GENUG TALENT HABEN?

... MUSSTE ICH MUSIKER WERDEN.

ICH HATTE TALENT UND DAS RICHTIGE UMFELD. DARUM ...

FÜRS MODELN HÄTTEST DU AUCH TALENT GE- HABT.

... MIT DEINEM GESICHT ...

... UND DEN LANGEN BEINEN ...

... UND DEINEM RIESEN-EGO.

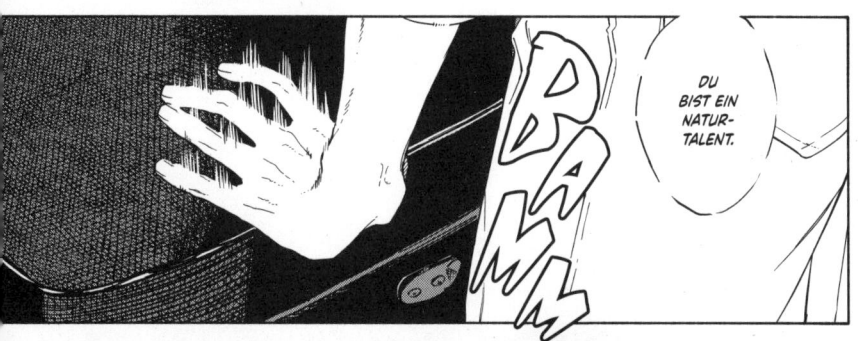

DU BIST EIN NATUR-TALENT.

BAMM

TAPP

5. Wieso m st du Musik?

LASST MICH DOCH ALLE IN RUHE!

PFSSCH

UWAH!

TSCHACK

HEY, REIICHI!

HALLO? LEBST DU NOCH?

MMH...

WAS IST DAS HIER? EIN TATORT?

DADAMM

ABER ICH SEHE NUR DREI DOSEN. KANN ES SEIN, ...

HAT ER ETWA ZU VIEL GE- TRUNKEN?

... DASS ER KEINEN ALKOHOL VERTRÄGT?

Und was er für ein Shirt trägt.

REIICHI, WACH AUF.

DU ERKÄLTEST DICH.

WAS WAR HEUTE ANDERS?

AN TAGEN OHNE AUFTRITT IST ER SONST IMMER ...

... IM SCHALLDICHTEN MUSIKRAUM UND SPIELT.

ACH JE.

PAT

ZUCK

Mwmh ...

HM?

SOLL ICH IHN EINFACH UMZIEHEN?

Hff ...

ÄH
...

SAG MIR,
WIESO DU
WEINST!

WUMP

WUMP

HEY,
REIICHI!
WACH
AUF!

HA
...

HA
HA
HA!

DU
BIST NICHT
DORNRÖS-
CHEN!

KOMM
SCHON,
REIICHI!

DEIN
EX?

DEINE
EX? DEIN
HUND? DEINE
KATZE?

WER IST
DIESER
JUN?

EIN
MENSCH?

ICH WOLLTE IHN WEINEN SEHEN. ABER NICHT ...

... WEGEN EINES KERLS, DEN ICH GAR NICHT KENNE!

WER IST DIESER JUN, VON DEM DU ...

ICH MUSS KOTZEN.

Was?!

GEHT'S DIR GUT?

FWUPP

UH ...

REIICHI, JETZT WACH AUF, KOMM ...

UWAH!

UMPF

ORGH ORGH ORGH

MORGEN, REIICHI!

DU WARST GESTERN ECHT KRASS!

OH.

FWUPP

WIESO SIND WIR NACKT?

WIESO? WEISST DU NICHT MEHR?

WA...

WAS MACHST DU HIER?

also

Und dann

Ja, und

Hast mich zweimal vollgekotzt...

...

Du warst total dicht...

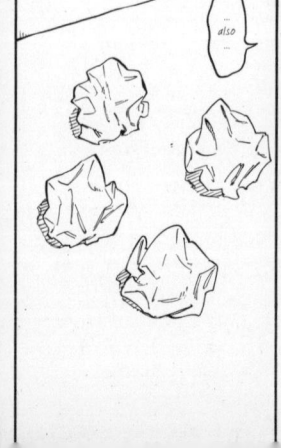

ACH JA, UND WER IST NUN DIESER ...
HA HA ...
BWA HA HA HA!
HEY, NICHT SO LAUT!
ZUCK
ICH HATTE ALSO ...
... DOCH RECHT!
MIT EINEM ZWERG WIE DIR ...
... MUSSTE ES SO RUM SEIN!
ÄH, WOVON REDEST DU?
JETZT TU BLOSS NICHT SO!
ICH WAR DOCH OBEN UND HAB'S ...
... DIR GUT BESORGT, ODER?

SORRY, WENN DU DAS NICHT GEWOHNT WARST.

HAT ES DIR WENIGSTENS GEFALLEN?

BLA

ODER HAB ICH MICH DOCH GETÄUSCHT?

Tja, so kann schon kommen, was?

Ist für dich sicher schwer zu verdauen, aber ...

BLA

HAT ER ETWA GAR NICHT GEWEINT?

ÄH, ERNSTHAFT? DAS DENKT ER NACH DEM GESTRIGEN VORFALL?

NA JA.

WIESO KLINGT DAS SO NACH RACHE?

Danke, ich verzichte.

ABER NÄCHSTES MAL BIN ICH OBEN.

JA, DER SEX MIT DIR WAR TOLL! ♡

ICH SPIEL MAL MIT. GESCHIEHT IHM RECHT.

Er hat nur bei ihm geschlafen. (Wirklich.)

Profil

Reiichi Miyoshi (27)

188 cm, 78 kg
Geburtstag: 23. August
isst am liebsten: Reis mit
roten Bohnen
isst gar nicht gerne: Scharfes
Beruf: Musiker

Sara Aogiri (32)

165 cm, 55 kg
Geburtstag: ?
isst am liebsten: ?
isst gar nicht gerne: ?
Beruf: besitzt einen
Kleiderverleih

HEY, SAG MAL, ...

BLEIB BLOSS WEG!

ICH KOMM ALSO BALD WIEDER, OKAY? ♡

Hi hi!

FÄHRST DU HEUTE ZURÜCK NACH HAUSE?

JA, UM MEINE SACHEN ZU PACKEN.

...WER IST EIGENTLICH DIESER JUN?

Milch

HÄ?

MIT TRÄNEN IN DEN AUGEN.

BEIM SEX.

NA, DU HAST GESTERN DEN NAMEN „JUN" GERUFEN.

WIE MEINST DU DAS?

NUR DAS MIT DEM SEX NICHT.

ABER ES STIMMT!

SPINNST DU? ICH JAG DICH GLEICH IN UNTERHOSE RAUS.

IST JUN DEINE EX-FREUN-DIN? ODER DEIN EX-FREUND?

NEIN.

DABEI HATTE ER SO WEGEN DIESES KERLS GEHEULT!

HAAAH

ES GEHT SO.

WAS IST LOS? VIEL ZU TUN HEUTE?

INTE-RESSIERT DICH NICHT, HM?

KLINGT KOMPLI-ZIERT.

WAS SAGST DU DAZU?

AH.

DANKE.

DORT AN DER THEKE IST NOCH FREI.

DER SIEHT ABER GUT AUS.

HALLO!

NICK

AH, ...

... HALLO, ICH BIN YUKIJI YANO.

HI, NENN MICH SARA.

DU HAST EINEN FREUND?!

OH!

BAGGER IHN NICHT AN. DAS IST MEIN FREUND.

DU HAST ALSO ...

... DEINE MEINUNG GEÄNDERT?

DAS DACHTE ICH AUCH, ABER ...

HE HE, VERSTEHE.

ICH DACHTE, DU HÄTTEST DER LIEBE ABGESCHWOREN?

HATTE ICH DIR NOCH NICHT GESAGT, ODER?

JA, SO HEISST ER.

WARTE, REIICHI?

VERSUCHEN KANNST DU ES JA.

OB ICH REIICHI AUCH RUMKRIEGE, WENN ICH STUR BLEIBE?

JAZZ. ER SPIELT TENOR-SAXOFON.

... ER DENN FÜR MUSIK?

MUSIK? WAS GENAU MACHT ...

ER MEINT AUCH, DASS ER KEINE BEZIEHUNG WILL.

DASS IHM DIE MUSIK WICHTIGER SEI UND SO.

ÄHM, ...

...

HM? WAS HAST DU?

WOHER WEISST DU DAS?

WAS?!

... DEN NAMEN „JUN" GESAGT HAT?

... KANN ES SEIN, DASS DIESER REIICHI IM SCHLAF ...

OH, ÄH ...

alte Bekannte

Ja.

DU BIST DERSELBE JUN, DEN REIICHI KENNT?!

REIICHI WOLLTE JUN IN SEINE BAND HOLEN, WEIL ER IHN VERMISST HAT, ...

SO WAR DAS ALSO ...

KENNEN-GELERNT HABEN WIR UNS ABER IN DER BIG BAND.

IHR WART SOGAR AUF DERSELBEN SCHULE, WOW.

Mann, ist die Welt klein.

... ICH HAB SEIN ANGEBOT ABGELEHNT.

NICHT DIREKT WEGEN UNS, ABER JA, ...

... ABER WEGEN EURER BEZIEHUNG IST NICHTS DRAUS GEWORDEN?

ICH MAG MEINE ARBEIT HIER.
MUSIK ZU MACHEN REICHT MIR ALS HOBBY.
DAS HAB ICH AUCH REIICHI GESAGT ...
... UND ER HAT SICH DAMIT ABGEFUNDEN.
UND DANN HEULT ER WEGEN MIR? OH MANN ...

NEIN.

WART IHR MAL ZUSAMMEN?

NA JA, REIICHI ...

... MAG DICH HALT IMMER NOCH.

... DA MEINTE ER, IHM SEI SOGAR ...

... DIE QUALITÄT EGAL, WENN JUN DABEI IST.

ALS REIICHI JUN IN DIE BAND HOLEN WOLLTE, ...

DAS HEISST, ES HAT IHM EINFACH SPASS GEMACHT, MIT JUN ZU SPIELEN.

FÜR JUN WAR ER BEREIT, SEINE ANSPRÜCHE ZU SENKEN.

MIR HAT REIICHI GESAGT, ...

... DASS IHM DAS SPIELEN AUF DEM SAXOFON ...

... NOCH NIE SPASS GEMACHT HAT.

SIE HABEN VON IHM VERLANGT, DASS ER AUCH MUSIKER WIRD.

SEINE ELTERN WAREN SEHR STRENG ZU IHM.

ABER DASS ER ...

... NIE SPASS DARAN HATTE, ...

... DAS GLAUBE ICH NICHT.

ALS WIR NOCH ZUSAMMEN GESPIELT HABEN, ...

... HATTE ER EINDEUTIG SPASS.

ICH WAR ZWAR NICHT DABEI, ...

... ABER SO, WIE REIICHI JUN DANN BEDRÄNGT HAT, ...

... WOLLTE ER UNBEDINGT WIEDER MIT IHM SPIELEN.

DAS GLAUB ICH AUCH.

ER GIBT ES WOHL UNGERN ZU, ...

... ABER DAS SAXOFON MACHT IHM SPASS.

ABER WENN DU ...

... MIT IHM GESPIELT HAST UND SAGST,

... DASS ER SPASS HATTE, DANN WAR ES WOHL MAL SO.

NA JA, DER ERSTE IN SEINEM LEBEN WAR ICH WOHL NICHT.

DU WARST ALSO DER ERSTE, DER IHN ZUM WEINEN GE-BRACHT HAT.

HACH, ENDLICH WEISS ICH, WER DIESER MYSTERIÖSE JUN WAR!

ICH HAB ES IHM SCHON GESAGT.

SAG IHM LIEBER NICHT, DASS DU ES GESEHEN HAST.

DAS KRÄNKT IHN SICHER.

MITSAMT LÜGE, DASS WIR SEX HATTEN.

HA HA, VIELLEICHT!

WENN ER DAS ERFÄHRT, BIST DU DRAN.

DIE INFO WOLLTE ICH AUS IHM RAUSKITZELN.

ICH DACHTE HALT, JUN WÄRE SEIN EX ODER SO!

DIR KOMMT ALLES LEICHT ÜBER DIE LIPPEN, ODER?

ABER BEI IHM MACH ICH MIR KEINE SORGEN.

JA, ICH WEISS.

... IMMER AM WICHTIGSTEN SEIN WIRD, ODER?

DU WEISST, DASS IHM SEINE MUSIK ...

JA, TOTAL!

BIST DU DIR DA SICHER?

ICH MEINE, DAS WÄR SICHER AUCH SCHÖN, ...

ABER ICH WILL GAR NICHT ...

... UNBEDINGT MIT IHM ZUSAMMEN SEIN ODER SO.

... ABER MIR REICHEN SEINE REAK-TIONEN, ...

... WENN ICH IHM HINTERHER-LAUFE UND SO.

... UND MIR ALL SEINE SORGEN ERZÄHLEN!

AM LIEBSTEN SOLL ER MIR VERFALLEN ...

ABER DAS TUT ER WOHL BEI NIEMANDEM, ...

... DARUM REICHT ES MIR SCHON SO, WIE ES JETZT IST.

NA JA, ...

WAS IST?

...

WENN DU GAR NICHTS ERNSTHAFTES VON IHM WILLST, ...

... DANN HIMMELST DU IHN EINFACH NUR SO AN, ODER?

HÄ? FINDEST DU?!

... DU BIST GENAUSO EIN EGOIST WIE REIICHI, WAS?

ZUCK

UND WIESO? DAS WILL ICH JETZT WISSEN.

NA JA ...

JA, DAS WAR GERADE MEIN EINDRUCK.

WENN DU ES MEHR VERSUCHST, KÖNNTE ER SICH DIR ÖFFNEN.

REIICHI LÄSST KAUM JEMANDEN AN SICH HERAN, ...

... ABER DADURCH IST ER AUCH ZIEMLICH EINSAM.

SAG DOCH MAL EHRLICH, ...

... WILLST DU MIT IHM ZUSAMMEN SEIN ODER NICHT?

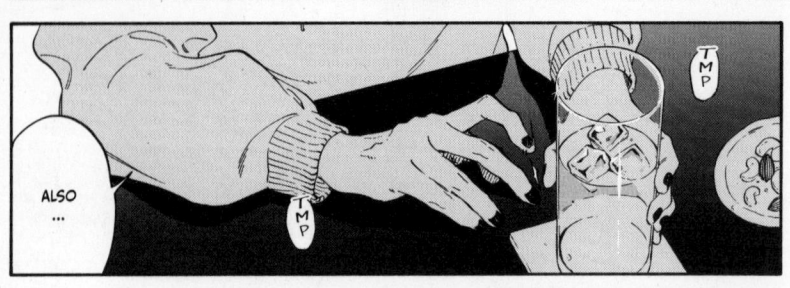

ALSO ...

TMP

TMP

UND ZU VIEL DRUCK IST AUCH NICHT GUT, ODER?

ICH KÖNNTE MIR EINE BEZIEHUNG VORSTEL-LEN, ...

... ABER DAS WILL ER JA NICHT.

KÖRPER-LICH? ODER ROMANTISCH? WERD MAL KONKRET.

MEHR NÄHE ZU IHM HÄTTE ICH SCHON GERN.

JA?

JUN!

REIICHI FREUT SICH SCHON, WENN JEMAND IHN MAG, ...

... AUCH WENN ER DAS NICHT GERN ZUGIBT.

HA HA, BIST DU EIFERSÜCH-TIG?

UND WIE! OH MANN, ICH MUSS MICH AN-STRENGEN!

WIESO HAT ER DANN SEIN ANGEBOT AB-GELEHNT?

JUN KENNT REIICHI ANSCHEINEND SEHR GUT.

Plötzliche Sympathie

#06 Es nicht zugeben können

MEINST DU?

IST MIR NICHT AUF-GEFALLEN.

REIICHI WIRKTE IRGENDWIE ABWESEND, ODER?

DAS WAR HEUTE WIEDER TOLL!

JA!

HAST RECHT.

ER IST NICHT DER TYP, DER SICH DURCH UNS AUFMUNTERN LIESSE.

NA JA, UND SELBST WENN, ...

... WAS KÖNNEN WIR DA SCHON MACHEN?

WIR KÖNNEN IHN NUR AUS DER FERNE BEWUN-DERN.

AHA
...

SO
IST DAS
ALSO. ...

WENN ICH
MICH DAMIT
ZUFRIEDEN-
GEBE, WIE
ES JETZT
IST, ...

... HEBT
MICH NICHTS
VON DIESEN
GROUPIES
AB.

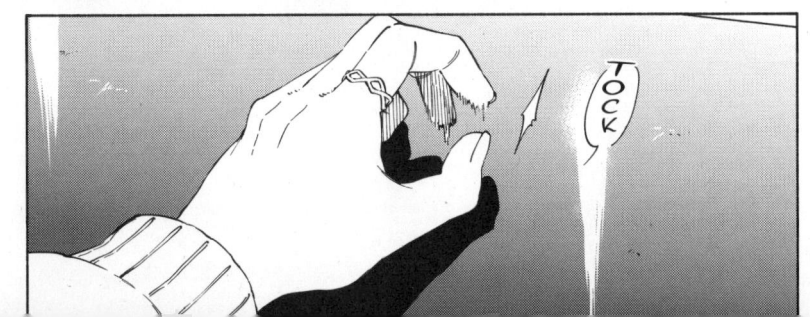

TOCK

_DAS
STÖRT MICH._

ALSO
...

CHIKAGE!

SSST

LASSEN WIR IHN HEUTE IN RUHE.

MNBL

SAG LIEBER NICHTS, SONST REDET ER GAR NICHT MEHR MIT UNS.

JA, ABER HEUTE ...

... SOLLTEN WIR ES WIRKLICH BESSER LASSEN.

ABER DAS GEHT SCHON DEN GANZEN MONAT SO.

...

LIME
Sara Aogiri
Ich will Reiichi etwas in Sachen Liebe auf die Sprünge helfen.
Kannst du dafür sorgen, dass er sein Saxofon nicht auf dem Rücken
trägt?

Jetzt

HEY,
NA?

MACH
DIR JA
KEINE HOFF-
NUNGEN!

DU HAST
UNSERE NACHT
DOCH AUCH
GENOSSEN!

GIB
ES RUHIG
ZU.

(Lüge)

BIST DU
NICHT NACH
HAUSE GE-
FAHREN?

DOCH,
ABER
JETZT
BIN ICH
WIEDER
DA!

ACH JA? SEHR SCHÖN!

HIER, DEIN SCHLÜSSEL.

...UND DAMIT EINEN ORT ZUM SCHLAFEN IN TOKYO.

ICH HAB JETZT EINEN LADEN...

ÜBRIGENS, HIER.

KLINK

GEHEN WIR NOCH EIN STÜCK ZUSAMMEN!

DAS TU ICH SCHON NICHT!

ICH HOFFE, DU WEINST NICHT VOR EINSAMKEIT.

LEB WOHL!

SWSH

DANKE FÜR DIE ZWEI GEMEINSAMEN WOCHEN.

HEY, ...

...GEHT'S DIR NICHT GUT?

WIESO?

HÄ?

WAS?

... AM ANFANG GESAGT HABE?

IST ES WEGEN DEM, WAS ICH DIR ...

DAS BILDEST DU DIR NUR EIN.

DU WIRKST SEIT ZWEI WOCHEN SO FERTIG.

ALS ICH MEINTE, DASS DU DAS ZEUG ZUM MODEL HÄTTEST, ...

... UND DICH GEFRAGT HABE, WIESO DU TROTZDEM MUSIK MACHST.

DAS TRIFFT MICH NICHT.

WIESO SPIELST DU DANN SO KRAFTLOS?

ACH, STIMMT, DA WAR WAS.

SCHON GANZ VERGESSEN.

LANG-
WEILIG?

ES
KLANG
HEUTE
WIEDER
SO LANG-
WEILIG.

...
ABER DU
SPIELST IN
LETZTER ZEIT
IMMER SO,
...

...
DASS MAN
DIREKT EIN-
SCHLÄFT.

ICH
MEINE, ICH
MAG DICH
ZWAR, WIE
DU BIST,
...

NEIN,
HAST DU
NICHT,
SAG ICH
DOCH.

LÜG NICHT.

HAB ICH
DICH SO INS
GRÜBELN GE-
STÜRZT?

ES HAT DICH
ÜBERWÄLTIGT
ZU HÖREN,
...

ES HAT
DEINE WELT
ERSCHÜTTERT,
NICHT WAHR?

TOC

... DASS
DU AUCH
MODEL SEIN
KÖNNTEST.

TOC

IST ES
WIRKLICH
DIE WAHRHEIT,
DASS DU DIE
MUSIK NICHT
MAGST?

DARUM
GEHT ES DIR
NICHT GUT.

DU VER-
DRÄNGST
DEINE
GEFÜHLE.

ABER DU
STELLST DICH
DEM THEMA
NICHT.

TU NICHT SO, ALS WÜRDEST DU MICH KENNEN!

ICH HASSE DIE MUSIK UND DABEI BLEIBT ES!

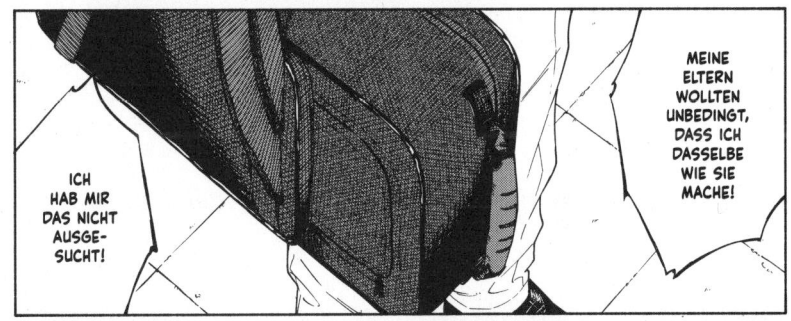

MEINE ELTERN WOLLTEN UNBEDINGT, DASS ICH DASSELBE WIE SIE MACHE!

ICH HAB MIR DAS NICHT AUSGE-SUCHT!

DANN KANNST DU DICH AUCH DAVON LÖSEN.

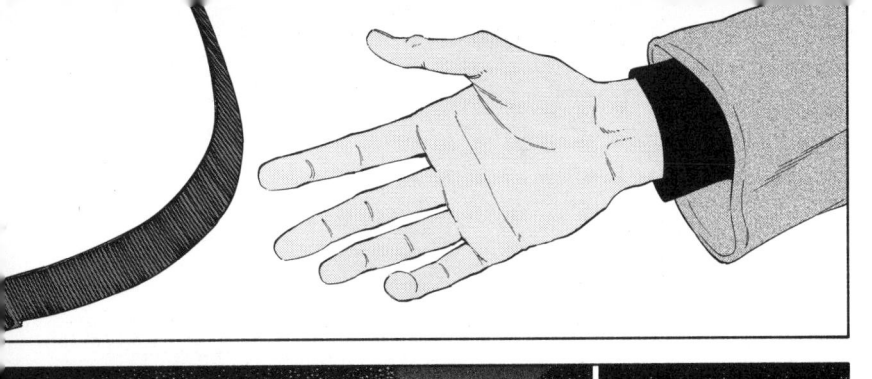

GNA

SO WAS WICHTIGES KANNST DU DOCH NICHT EINFACH ...

BDUM

SOSO.

BDUM

BDUM

BIST DU ...

... VÖLLIG ÜBERGE-SCHNAPPT?!

ES
IST DIR
WICHTIG.

WENN
DU DEIN
SAXOFON
NICHT MEHR
GEFANGEN
HÄTTEST,
...

...
WÄRST DU
GARANTIERT
HINTERHERGE-
SPRUNGEN.

ALSO,
GIB ZU, DASS
DU DIE MUSIK
MAGST.

ICH ERTRAG'S NICHT, NE- BEN DIR ZU SPIELEN.

ICH MAG DIE MUSIK NICHT.

... DASS ICH DIR SO VIEL BEIGEBRACHT HABE.

DU WIRST MIR SPÄTER NOCH DAN- KEN, ...

ICH KANN SIE NICHT MÖGEN.

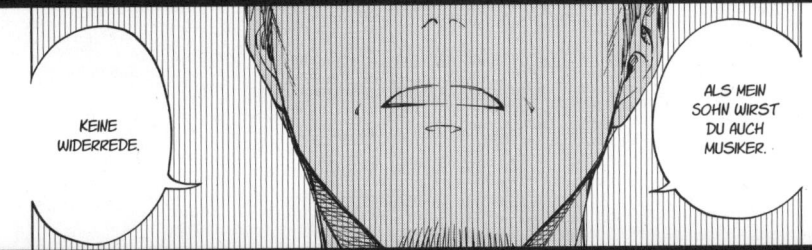

KEINE WIDERREDE.

ALS MEIN SOHN WIRST DU AUCH MUSIKER.

ICH KANN NIEMALS SAGEN, DASS ICH SIE MAG.

BA

TSCH

ICH WILL
DICH NIE
WIEDER
SEHEN.

NA TOLL.
JETZT BIN ICH NOCH WENIGER ALS EIN FAN, WAS?
ABER DAS MACHT MICH WOHL BESONDERS FÜR IHN.

So wurde der Entschluss gefällt.

WUOH

Huch?!

PSSCHH

...
IST MIR DA BLOSS RAUSGE- RUTSCHT?

WAS ...

SO WAS WICHTIGES KANNST DU DOCH NICHT EINFACH ...

KA

WIESO HAB ICH SO RE- AGIERT?

EIN NEUES SAX KANN ICH MIR NICHT EINFACH SO KAUFEN.

MEIN JOB HÄNGT DARAN.

GRMPF

GRMPF

NA JA, ABER WAS ...

... HÄTTE ICH SONST TUN SOLLEN?

WOAH!

CHIKAGE!

EY, LAUF MIR NICHT HINTERHER.

Rennen verboten

WIR MÜSSEN IN DIESELBE RICHTUNG.

ACH SO?

BEI DER ANDEREN IST DER RIEMEN KAPUTT.

DEINE TASCHE IST ...

DU BIST
IMMER NOCH
SO MIES
DRAUF.

...

SAG
MAL,
...

WAS
DENN?

WAS
IST DENN
LOS?

...

WEHE,
DU ER-
ZÄHLST ES
WEITER.

LÜG
NICHT.

NICHTS.

...

DAS
BESTE
DRAUS
MACHEN.

...

WER EIN
TALENT HAT,
DER MUSS
...

ICH SAG
IMMER,
...

... JEMAND GEFRAGT, WARUM ICH ...

... NICHT MODEL GEWORDEN BIN.

DARAUF KONNTE ICH NICHTS ERWIDERN.

MICH HAT VOR KURZEM ...

ES GING DARUM, DASS ICH TALENT HAB!

NEIN, DAS MEINE ICH NICHT!

Ist das nicht klar?

IN ERSTER LINIE WE-GEN DER MUSIK, ODER?

ICH DACHTE, ICH SPIELE SAXOFON, ...

... WEIL MEINE ELTERN DAS WOLLEN ...

... UND ICH TALENT HABE.

JEDEN-FALLS HAB ICH DANN GEMERKT, ...

... WIE FALSCH ICH BISHER GELEGEN HABE.

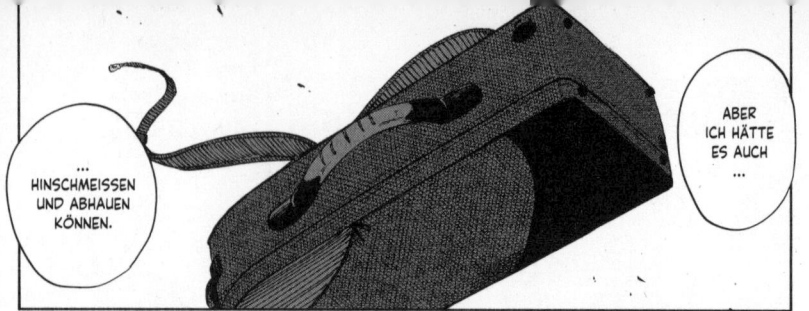

...
HINSCHMEISSEN
UND ABHAUEN
KÖNNEN.

ABER
ICH HÄTTE
ES AUCH
...

TROTZDEM
HAB ICH DRAN
FESTGEHALTEN.

UND
HAB SOGAR
FREUDE DARAN
GEFUNDEN.

ICH BIN
DEN WEG
MEINER ELTERN
GEGANGEN.

ICH
FÜHRE EIN
LEBEN, DAS
ICH MIR
NICHT
...

...
SELBST
AUSGESUCHT
HABE.

WIE KANN
ICH ES DANN
LIEBEN?

ÄH,
WAS?

... DEIN
JETZIGES
LEBEN BLÖD?
ZUM KOT-
ZEN?

FINDEST
DU ...

...
GEGANGEN
BIST DU ABER
ALLEINE.

DEINE
ELTERN
WOLLTEN ES
ZWAR VON
DIR, ...

DEINE
ELTERN
HABEN DIR
DEN WEG
GEZEIGT,
...

...
ABER HIER
STEHST DU
NICHT WEGEN
IHNEN, SON-
DERN WEIL
DU ...

... IN
DIE BAHN
GESTIEGEN
BIST UND
...

...
DANN DIE
ROLLTREPPE
GENOMMEN
HAST.

ABER FÜR ALLES WEITERE ...

... IST MAN SELBST ZU-STÄNDIG.

UNSERE ELTERN SIND ...

... DER BEGINN UNSERES LEBENS.

... DIE FORDERUN-GEN DEINER ELTERN ER-FÜLLEN.

DU MUSST JETZT NICHT MEHR ...

SO IST DAS AUCH MIT DER MUSIK.

WENN DU TROTZDEM WEITER-MACHST, ...

... IST DAS ALLEIN DEINE ENT-SCHEIDUNG.

Alltag in Reiichis Elternhaus

JA.

IHR SEID ABER FRÜH DA!

OH.

ÄH, OKAY.

ÜBER DAS LEBEN.

WORÜBER HABT IHR GEREDET?

IHR SEID SONST NIE SO FRÜH HIER.

NEIN, WIR HABEN UNS DRAUSSEN GETROFFEN.

SEID IHR ZUSAMMEN GEKOMMEN?

WISST IHR NOCH, WARUM IHR MIT DER MUSIK ANGEFANGEN HABT?

NA KLAR!

JA.

STIMMT, ABER DAS IST NORMAL, ODER?

MANCHMAL NICHT.

HÄ?!

DIE WURDE MIR HALT IN DER MUSIK-AG ZUGEWIESEN!

MACHIKO, WIESO SPIELST DU TROMPETE?

MORGEN.

GUTEN MORGEN!

ZUERST HAB ICH ES SOGAR GEHASST!

DU WOLLTEST ALSO GAR NICHT?

... ICH WAR DIE EINZIGE, DIE AUF DER TROMPETE ...

... EINEN TON HERAUSBE-KOMMEN HAT!

ICH HÄTTE LIE-BER FLÖTE GESPIELT, ABER ...

Und Flöte wollten alle spielen.

NA, WEIL ES MIR SPASS MACHT.

WAS?!

WIESO SPIELST DU DANN BIS HEUTE TROMPETE?

MANCHMAL WILL ETWAS PARTOUT NICHT KLAPPEN, ...

ICH LIEBE ES, WENN ICH EINEN HOHEN TON GUT HINKRIEGE ...

... UND WENN DIE LEUTE MIR SAGEN, WIE COOL ICH DABEI AUSSEHE!

Chikage hatte nicht gedacht, dass das mit dem Fluss ernst gemeint war.

ICH WILL AUCH MIT SO VIEL LEI-DENSCHAFT SPIELEN!

MACHIKO, DU LIEGST FALSCH.

DAS WAR KEINE LEIDEN-SCHAFT, ...

REIICHI, DU WARST HEUTE SOOO TOLL!

... ICH BIN EINFACH NUR BESSER GEWORDEN.

CHIKAGE!

IN DEINER PROTZ-TECHNIK?

NEIN, IN DER TECHNIK!

BESSER IM PROT-ZEN, ODER WIE?

ACH WAS, SCHON GUT!

SORRY, DASS IHR DAS ER-TRAGEN MUSSTET.

DU HAST ZWAR IMMER MAL SO DEINE HOCHS UND TIEFS, ... ABER DIESMAL WAR'S ECHT LANGE.

ABER SCHÖN, DASS ES DIR WIEDER BESSER GEHT.

ACH, HÖRT AUF.

SUPER!

ABER JETZT GEHT'S WIEDER, WAS?

WIR WISSEN, WIE ES IST, WENN MAL NICHTS KLAPPT.

UND DASS EINEM DANN NIEMAND HEL-FEN KANN.

HAST DU SARA NICHT SOGAR BEI DIR PEN-NEN LASSEN, REIICHI?

DU MEINST SARA?

WARST DU ETWA ... ... WEGEN DES STAL-KERS SO DRAUF?

ZUCK

GUT SO.

ER HAT ENDLICH 'NE EIGENE BLEIBE.

HM, SCHON.

GEHT'S DIR DADURCH BESSER?

IST SARA INZWISCHEN WEG?

... IHN BEI UNSEREN AUFTRITTEN ZU SEHEN.

ABER IRGENDWIE VERMISSE ICH ES, ...

OH JA.

... WIE ER DIR ÜBERALLHIN GEFOLGT IST.

DAS WAR SCHON HEFTIG, ...

OB ES IHM LANGWEILIG GEWORDEN IST?

ES IST, SCHWER, FANS LANGE BEI DER STANGE ZU HALTEN.

ERST VERGÖTTERN SIE EINEN UND DANN PLÖTZLICH NICHTS MEHR!

DIE GRÖSSTEN FANS SIND AUCH AM SCHNELLSTEN WEG, WAS?

KRSH

LufKs

青桐 サラ

Sara Aogiri

FXXX-XXXX

XXXXXXXXX

XXXXXXXX

SWP

TSS

REIICHI UND GEFÜHLE, DAS WAR SCHON IMMER SCHWIERIG.

... DAMIT ER SICH SEINER GEFÜHLE BEWUSST WIRD.

JA, DAS MUSSTE ICH TUN, ...

DAS SAXOFON IN DEN FLUSS?!

2F
bluffs

PFUAAAH

DAS STIMMT WOHL.

ER HÄTTE DICH VERKLAGEN KÖNNEN.

BIS BALD.

OKAY.

REDEN WIR EIN ANDERMAL WEITER?

... DASS ER MICH JETZT NIE WIEDER SEHEN WILL.

ABER DAS SCHLIMMSTE FÜR MICH IST, ...

KLING

KLING

ICH?

ICH HATTE WAS GESCHÄFT- LICHES MIT SHARAKU ZU BESPRECHEN ...

THPP THPP THPP

WAS MACHST DU HIER, JUN?!

ICH WOLLTE MICH NUR FÜR WAS BEDAN- KEN!

GRMPF

UND WAS FÜHRT DICH HIERHER?

ACH SO, FÜR DICH ...

... SARA AOGIRI, ODER?

SHA- RAKU?

WINK WINK

WIR SEHEN UNS.

FWUPP

HEY, WAS SOLL DAS?!

NICHTS, SCHON GUT.

JA, BIS BALD.

HFF

KLING KLING KLING KLING

HA HA HA!

EY, JUN!

TSCHÜSS, IKUZO.

GROAH

HALT DEIN BLÖDES DRECKS-MAUL!

GRINS GRINS GRINS

HEUTE HAST DU GAR NICHT WEGEN JUN GEWEINT, WAS?

NEIN.

LÜG NICHT.

FWUPP

IST IKUZO DEIN ECHTER NAME?

FLAPP

Quittung

Betrag:

27.500 Yen *

Erbrachte Leistung: Reparatur Saxofontasche

XX-XX-X

EINE QUITTUNG?

FÜR DIE REPARA-TUR DER TASCHE.

AH, ICH SEH NICHTS!

UND GUCK DIR MAL DAS HIER AN!

BATSCH

* CA. 166 EURO

CHIKAGE HAT'S MIR GESAGT.

DEINET-WEGEN IST SIE KAPUTT, ALSO ZAHL DAFÜR.

OKAY, OKAY.

SEI FROH, DASS ICH SIE GEFANGEN HAB.

WAR JA NUR DIE TASCHE.

DU VER- KLAGST MICH NICHT?

KLAGEN LOHNT SICH DA LEIDER NICHT.

UND WIESO KOMMST DU NICHT MEHR?

...mein Geld?

WO IST...

UND DU WOLLTEST MICH NICHT MEHR SEHEN.

ICH MUSS HIER SACHEN PACKEN UND SO.

DAS NEHM ICH ZURÜCK.

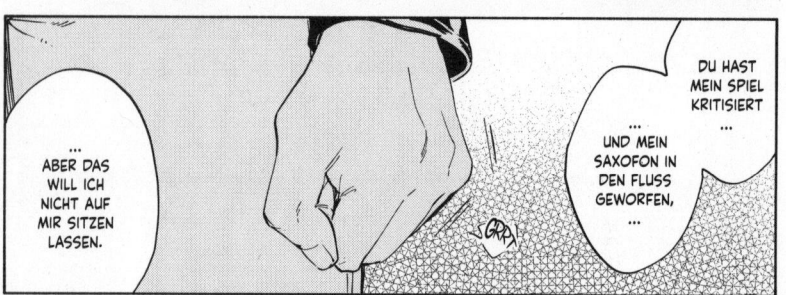

... ABER DAS WILL ICH NICHT AUF MIR SITZEN LASSEN.

DU HAST MEIN SPIEL KRITISIERT ...

... UND MEIN SAXOFON IN DEN FLUSS GEWORFEN, ...

GRAB

ICH ZEIG DIR, DASS ICH ES BESSER KANN.

ALSO KOMM WIEDER.

DU WIRST ES NICHT MEHR LANGWEILIG FINDEN.

PFFT!

ICH KANN AUCH HIER FÜR DICH SPIELEN, WENN DU ...

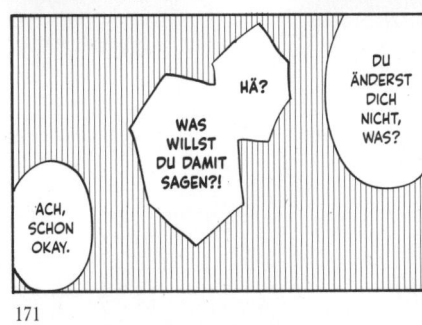

HÄ?

DU ÄNDERST DICH NICHT, WAS?

WAS WILLST DU DAMIT SAGEN?!

ACH, SCHON OKAY.

HA HA, TUT MIR LEID.

WIESO LACHST DU?!

DAS MAG ICH JA SO AN DIR.

ABER WIE SCHON GESAGT, ...

WEIL ICH DEIN SAXOFON GEWORFEN HAB?

NUR DAMIT DAS KLAR IST, ...

... ES WIRD KEINE BE-ZIEHUNG.

NEIN, NICHT DESWE-GEN.

ES IST MIR WICHTIGER ALS ALLES ANDERE.

DAS WIRD AUCH SO BLEIBEN.

... DAS SAXOFON IST MEINE NUMMER EINS.

NEIN, DAS TUE ICH NICHT.

DU GIBST ALSO ZU, DASS DU ES LIEBST?

UND ICH HABE JUN VERLO- REN.

ICH WURDE WEGEN DES SAXOFONS SO VIEL ...

... AUSGE- SCHIMPFT UND GE- SCHLAGEN.

ICH LIEBE ES NICHT, ...

ES BE-ANSPRUCHT MICH SO SEHR, ...

... DASS KEINE ZEIT FÜR ROMANTIK BLEIBT.

... ABER ES GEHÖRT TROTZDEM ZU MIR.

WENN DU NICHT VER-LANGST, DASS ICH MICH OFT MELDE UND SO, ...

... DANN KÖNNEN WIR HIN UND WIEDER SEX HABEN.

ERFÜLLST DU MIR ABER VORHER EINEN WUNSCH?

OKAY, DANN MACHEN WIR DAS SO.

...

KÖRPER-LICH HAT'S DOCH GEPASST, ODER?

SONST DENK ICH NOCH, ES WÄR MEHR ZWISCHEN UNS.

ALS SEX-FREUNDE WILL ICH DAS NICHT MEHR.

KÖNNEN WIR UNS NOCH EINMAL KÜSSEN?

OKAY?

Ha ha!

KEINE SORGE.

TAPP

ABER PASS AUF, ES WIRD HEFTIG.

FWPP

?

MH
...

...
ICH HAB
GELOGEN. ♡

GRINS ♥

WAS?!

WIR HATTEN
BISHER AUCH
GAR NICHTS
MITEINANDER.

DAS
SOLL NICHT
UNSER LETZ-
TER KUSS
WERDEN.

HÄ?

WAS?!
DU ...

UND
WEIL DIR
SO KALT WAR,
HAB ICH EBEN
MIT IM BETT
GESCHLAFEN. ♡

VOLLGE-
KOTZT?!

...
WEIL DU
UNS BEIDE
VOLLGEKOTZT
HAST.

WIR
WAREN
BLOSS
NACKT,
...

Kapitel 4

JEDEN-FALLS ...

... WILL ICH NICHT NUR SEX MIT DIR.

DOCH, DAS HAST DU.

ECHT?!

DANN HAB ICH AUCH NICHT WEGEN JUN GEHEULT?!

TAPP

TAPP

DONK

TAPP

DAS IST MIR HEUTE KLARGE-WORDEN.

ABER ICH SAG DOCH, ICH WILL ...

ICH WILL AUCH KEINE BEZIEHUNG ODER SO.

ICH WILL ERREICHEN, DASS ICH ...

... FÜR DICH GENAUSO UNERSETZ-LICH BIN ...

... WIE DEIN SAXOFON.

ICH HAB DIR MEINEN NAMEN NOCH NICHT GESAGT.

HÖR AUF, MICH ZU VERFOLGEN!

HA HA HA! DU BIST SÜSS.

UWAAAH!

... WARTE AUF MICH!

SHARAKU?!

ICH HEISSE IN ECHT ...

... SHARAKU GOTO.

UPS.

WOAH?!

ZACK

NEIN, DAS IST MEIN NAME.

DAS IST DOCH GARANTIERT WIEDER ERFUNDEN!

DAS KOMMT DAVON, DASS DU MICH AN-SCHAUST.

GRAPP

GRRT.

!

GRRR

SO KANNST DU DOCH NICHT SAXOFON SPIELEN.

ICH KOMME ZU EUREM NÄCHSTEN AUFTRITT!

FWAPP

Namenskomplexe

Profil

Sharaku Goto (32)

167 cm, 58 kg
Geburtstag: 12. Dezember
isst am liebsten: Vanilleeis
isst gar nicht gerne: Leber
Beruf: besitzt einen
Kleiderverleih

Das Verkleiden hat ihm schon immer
viel Spaß gemacht. Vor zehn Jahren
hat er angefangen, Frauenkleidung
zu tragen. Außerdem ist er sportlich.

Reiichi Miyoshi
Ikuzo Miyoshi (27)

- Den Namen hat ihm seine
  Oma gegeben.

- Zu seiner Oma hatte er immer
  ein gutes Verhältnis, aber mit
  ihrer Namenswahl konnte er
  sich nie abfinden.

HEY, DU!

Extra **Nacht voller Herzklopfen ♥**

...

... EIN BISSCHEN SPIELEN?

WOLLEN WIR ...

DANN SCHAUEN WIR MAL NACH EINEM HOTEL.

GUTE IDEE!

YAY! ♡

OKAY, ABER NUR HEUTE.

NEHMT IHR MICH MIT?

ICH BIN DIR WIEDER MAL GEFOLGT.

WO KOMMST DU PLÖTZLICH HER?!

TUST DU DAS JETZT FÜR IMMER UND EWIG?!

WA...

ALSO, ÄH ...

NA, WAS MEINST DU?

LUST AUF EINEN DREIER?

NEHMT MICH MIT.

IHR GEHT INS HOTEL?

NA?

HALT, WARTE!

TAPP

TAPP

NEIN, DANKE.

BATSCH

ICH GEH NACH HAUSE.

FWUPP

DAS IST DEINE SCHULD!

OH NEIN, SIE IST WEG.

SCHADE, ICH DICH AUCH NICHT.

ICH LASS DICH NICHT OBEN LIEGEN!

SOLL ICH DIR DABEI HELFEN?

TAPP TAPP TAPP

ICH BESORG'S MIR ZU HAUSE, OKAY?!

DAS KÜNDIGST DU SOGAR AN?

WIR KÖNNEN DIE ZEIT ANDERS GENIESSEN.

...

ABER SEX GEHT AUCH OHNE PENETRATION.

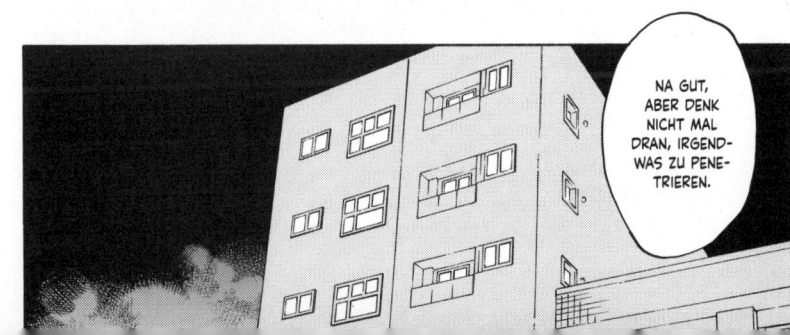

NA GUT, ABER DENK NICHT MAL DRAN, IRGENDWAS ZU PENETRIEREN.

WIESO HAST DU MICH GE-FESSELT?!

DADAmm

SO EIN BLÖDSINN!

SIND LEUTE WIE DU NICHT ALLE MASO-CHISTISCH?

TU ICH NICHT!

ICH DACHTE, DA STEHST DU DRAUF.

VON FESSELN WAR KEINE REDE!

... ALLES MACHEN, WAS NICHTS MIT PENETRATION ZU TUN HAT.

ABER DU HAST GE-SAGT, ICH DARF ...

KOMM HER.

DONG

ICH DACHTE, DU BIST ERWACHSEN?

DU WEISST, WAS ES BEDEUTET, WENN DU ALLES ERLAUBST?

PATT PATT

UGH!

ICH STEH NICHT AUF SOLCHE SPIELE.

FWUMP

IST DOCH MAL...

... WAS ANDERES, ODER?

DAS WERDEN WIR JA SEHEN.

HMN

FWT

SSST

GNN

SLP

SSST

?

KANN ICH
RANGEHEN?

SORRY,
DAS IST
...

JA.

... GESCHÄFT-
LICH.

OH.

DRRRRR ♪

DRRRRR ♪

jewel TOWACO
ruft an

ZUCK

ZUCK

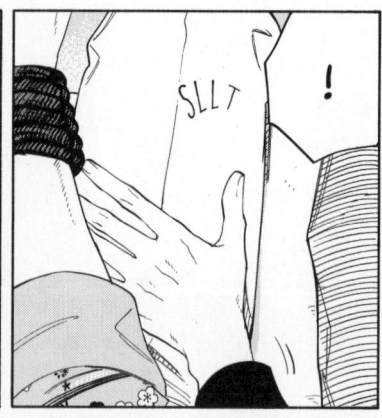

SOLLEN ALLE VON DEM FESSELSPIEL WISSEN?

BDUM

JA?

...

...LÄNGER GEDAU-ERT.

SORRY, DAS HAT JETZT...

OKAY, DANN BIS NÄCHSTE WOCHE.

REIICHI?

ZUCK

ICH HAB BLOSS LOCKER DEINE HÄNDE GEFESSELT, ABER ...

... DAS ERREGT DICH SCHON?

HA!

HA!

FASS MICH NICHT AN!

DU BIST SO ROT.

ALLES OKAY?

WUPP

SSST

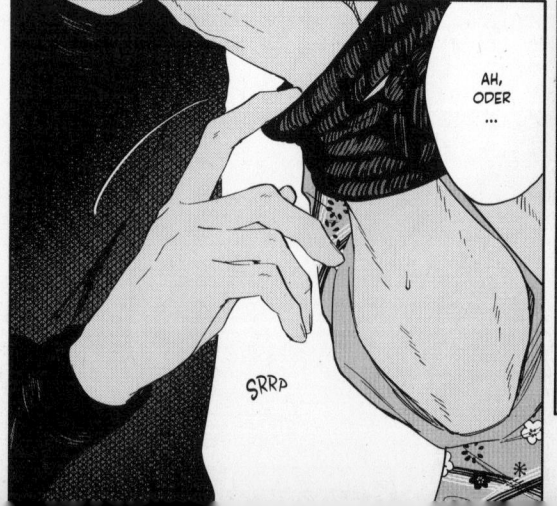

AH, ODER ...

SRRP

NEIN!

DANN DIE BERÜHRUNGEN?

... LIEGT ES DARAN, DASS ES ...

... MEINE BERÜHRUNGEN WAREN?

KNCKS

ZZING

ABER DAS WAR EINDEUTIG GELOGEN.

HUCH! WAR DAS EIN KINN-HAKEN?

WENN, DANN LÜG BITTE SO, DASS ...

HALT'S MAUL UND VERPISS DICH!

NATÜRLICH NICHT, DU PERVERS-LING!

DAS HAT MIT DIR GAR NICHTS ZU TUN!

FWSCH

Reiichi hat geträumt.

Nachwort

Hallo! Ich bin Zeniko Sumiya. Danke euch dafür, dass ihr zu meinem neuen Band *Du raubst mir mein Herz* gegriffen habt!

Ich hoffe, die Story hat euch gefallen. Es ist ein Spin-off zu meiner Serie *Du raubst mir den Atem*, die viele von euch sicherlich schon gelesen haben. Doch auch, wenn ihr zuerst das Spin-off lest, ist das kein Problem und ich freue mich, wenn ihr Spaß daran hattet.

Reiichi war schon immer ein schwieriger Kerl. Als es diesmal eine Geschichte mit ihm in der Hauptrolle werden sollte, hab ich mir richtig den Kopf zerbrochen! Reiichi springt gern mit Frauen und Männern ins Bett, aber er will keine Beziehung. Wie kann sich da nur eine Liebesstory entwickeln?

Es musste jemand sein, der Reiichi ganz besonders fasziniert und ihn nicht glauben lässt, dass sich eine Beziehung anbahnt. Sara hatte da schon eine mühevolle Rolle. Aber er hat sie super gemeistert und wenn es jemand schafft, Reiichi irgendwann für sich zu gewinnen, dann wohl Sara!

Vielen Dank, dass ihr bis hierher gelesen habt. Ich hoffe, wir lesen uns bald irgendwo wieder!

Dezember 2023, Zeniko Sumiya

Special Thanks

- ~~Redakteur*in S.~~ ~~Redaktion~~
- ~~Watanabe Sekimoto Onishi~~
- ~~Druckerei~~
- ~~meine Fans~~
  Einen großen Dank an alle!
- ~~Designer~~

... RUINIERT.

VRRROOO

ICH HAB SEINE KLEIDUNG HOFFENTLICH NICHT ...

...

WIR WAREN NUR NACKT, WEIL DU UNS BEIDE VOLLGEKOTZT HAST.

...

ABER ER HAT MEIN SAXOFON FAST ZERSTÖRT.

SOLL MIR SEINE KLEIDUNG DOCH EGAL SEIN.

Kapitel 3

Und dann halt das Make-up, die Kleidung und so!

ER MEINTE, DASS ER SCHÖNE KLEIDER MAG.

S...

SEHR GERN!

PACKEN SIE MIR DAS ALS GESCHENK EIN.

MIDI ART

DER NÄCHSTE, BITTE!

Reiichi wird von seinem Gewissen geplagt.

Reiichi kann Dinge wiedergutmachen.

DU RAUBST MIR MEIN HERZ

libre

KOI DEKINAI NOWA KIMI NO SEI
© Zeniko Sumiya 2023
Original Cover Design: Nao Saito (BALCOLONY.)
First published in Japan in 2023 by Libre Inc., Tokyo.
German translation rights arranged with Libre Inc., Tokyo
through Tuttle-Mori Agency, Inc., Tokyo

Deutschsprachige Ausgabe / German Edition
© 2024 Crunchyroll SA
CH-1007 Lausanne
1. Auflage

Aus dem Japanischen von Ekaterina Mikulich

Programmleitung: Hideki Iyama / Lizenzkoordination: Ai Kono
Redaktion: Swea Katharina Kräuter / Herstellung: Sonja Lesch
Deutsche Logo- und Covergestaltung: Jenifer Hüttmann
Lettering: Studio CHARON
Druck und Bindung: GGP Media GmbH, Pößneck